EUX & LUI

PAR

Michel BOGROS

PRIX : 50 CENTIMES

CLERMONT-FERRAND

TYPOGRAPHIE DE FERD. THIBAUD, LIBRAIRE

RUE SAINT-GENÈS, 8-10

1872

EUX & LUI

PAR

Michel BOGROS

PRIX : 50 CENTIMES

CLERMONT-FERRAND

TYPOGRAPHIE DE FERD. THIBAUD, LIBRAIRE

RUE SAINT-GENÈS, 8-10

—

1872

Eux! les hommes de proie! *Eux!* les brutes sauvages!
Eux! les soldats du vol, du meurtre, des pillages!
Lui!... Bonaparte III! — J'ai voulu rapprocher
Son nom maudit du leur, si bien que notre haine
Ne sût plus discerner, dans leur bourbe malsaine,
Le traître du vainqueur, le vendeur du boucher!

Que de sa lâcheté cette honte nous venge,
Et je serai content!... Il nous fit tant souffrir
Que, malgré le dégoût de ce sale mélange,
Du pied j'enfoncerais sa tête dans la fange,
Si la tentation lui prenait d'en sortir!

VÆ VICTORIBUS

I

Elle régnait au loin, et sa gloire passée
    Lui garantissait l'avenir !
Jamais elle n'eût eu cette crainte insensée
    Que sa puissance pût finir !

Sa grandeur n'avait plus ici-bas de frontière ;
Devant elle pliaient les fronts les plus hautains ;
Au monde elle donnait la vie et la lumière,
Les étoiles aux nuits, le soleil aux matins.

Pas un peuple eût osé contester sa puissance ;
    Tous réclamaient son bras vainqueur !
C'était des nations la nouvelle alliance,
    Dont elle était l'âme et le cœur !

Plus d'une fois, durant sa magnifique histoire,
Elle avait, elle aussi, vu de bien sombres jours !
Mais, des malheurs passés oubliant la mémoire,
Elle se croyait voir heureuse pour toujours !

Et voilà que vingt ans d'une grandeur menteuse,
    Comme un songe brillant, ont fui !...
Elle avait abdiqué, dans une main honteuse,
Son prestige d'honneur et sa force !...

                ... Aujourd'hui !...

II

Impuissante et meurtrie, elle est là, palpitante,
Sous l'étreinte de fer d'un vainqueur sans pitié !
Elle est là qui rugit à terre, pantelante,
    Les flancs ouverts !... morte à moitié !

Elle est là !... Voyez-vous cette figure blême,
Ce front noirci de poudre et ce regard éteint ?
Ce bras qui de sa gloire agite encor l'emblême
    Et convulsivement l'étreint !

Voyez-vous ce beau corps étendu dans la fange,
Cette gorge d'albâtre, et les anneaux flétris
De ces cheveux souillés au putride mélange
    De chairs et d'ossements meurtris !

III

C'est la France !... C'était la grande souveraine
Dont le souffle faisait tressaillir autrefois
Les peuples réchauffés par sa brûlante haleine !
Dont un geste soudain faisait pâlir les rois !

C'est la France !... à ce nom, jadis, on vit le monde
En sursaut se lever et retomber tremblant ;
Car la France réglait alors la mappemonde,
Et qui disait Français, voulait dire géant !

Aujourd'hui, pauvre France ! elle souffre, elle pleure,
Et nul au monde, hélas ! ne la vient secourir,
A ce lugubre instant, suprême et dernière heure,
Où du funèbre glas le son va retentir !

La mort! oh! Dieu! mourir est une horrible chose,
Après avoir été si grande que partout,
A son gré l'horizon se faisait noir ou rose,·
Et qu'un ordre, un désir, un seul mot c'était tout.

Avoir, pendant dix ans de courses triomphales,
Marché du sud au nord, poursuivi, terrassé
Vingt peuples différents, pris douze capitales,
Et mourir comme un chien, dans un coin, délaissé!

IV

Non! Dieu ne le veut pas, non! c'est chose impossible,
Car on ne peut tuer, ô France, ton passé!
Car jusqu'en ton néant, tu resterais terrible
Malgré ton bras inerte et ton glaive émoussé!

Non! tu ne mourras pas! car il faut que tu vives,
Pour atteindre un seul but], ô France, te venger!
Car à cette heure, plus tes tortures sont vives,
Et plus sera ton bras inflexible à frapper!

Oh! c'est entr'eux et nous désormais une haine
Dont l'un ou l'autre un jour il nous faudra mourir;
Car de fiel ils nous ont fait la coupe trop pleine,
Et nous les voulons voir autant que nous souffrir!

O vengeance! grand mot! espoir qui nous fait vivre,
Souffle qui nous ranime et le sang et le cœur!
O vengeance! c'est toi que nous voulons poursuivre;
Car toi seule ici-bas, peux nous rendre l'honneur!

V

France ! Relève-toi !... tes destins sur la terre
Ne sont pas accomplis, et ne le seront pas
Tant que tu n'auras pas déchiré ton suaire
Et fait lécher par eux la trace de tes pas !

Oui ! nous vous haïssons, o Peuples germanique !s
Oui ! nous voulons aussi brûler à notre tour
Vos temples, vos palais, vos vieux manoirs gothiques ;
Nous aussi, nous voulons imprimer sans retour
Sur vos fronts un stigmate infâme, indélébile ;
Nous voulons !... nous voulons que nos petits enfants
Maudissent votre nom ! nous voulons que stérile
Devienne votre sein ! nous voulons, pantelants,
Vous voir mordre la terre et que le monde dise
En vous voyant brisés : « Vainqueurs, ils auraient pu
Prendre l'humanité pour sublime devise,
Et, tyrans inhumains, ils ne l'ont pas voulu !

Et nous ferons ainsi, car de notre parole
Nous avons le respect, nous, et quand nous voulons,
Nous faisons ! Car l'honneur, voilà notre symbole,
Et quand nous avons dit haïr !... nous haïssons !

Et nous avons pour nous la plus sainte des causes,
La cause du progrès dont vous avez fait fi !
Insensés qui croyez mettre sur toutes choses
De la brutalité le stupide défi !

VI

O ma France, combien tu sembles encor belle
Quand ton regard superbe et toujours menaçant
Fait planer les éclairs de ta fauve prunelle
    Sur le monde frémissant !

Ceux qui vivaient de toi, les premiers, t'ont trahie
Comme le fut jadis Jésus-Christ par Judas !
Où toute autre eût perdu sa puissance et sa vie,
    Toi seule tu ne meurs pas !

Sur ta tombe déjà les peuples en délire
Chantaient !... lorsque soudain, rejetant ton linceuil,
Tu te lèves, clouant sur leurs lèvres le rire,
Ecrasant sous tes pieds les débris du cercueil !

Et les chants de triomphe ont fait place au silence
Quand on a vu ton front pâli par la souffrance,
Aux regards, du malheur offrir la majesté !
Peuples et rois alors tous sont rentrés dans l'ombre,
Se répétant tout bas, entr'eux, dans la nuit sombre :
« Le Colosse était mort ! Il est ressuscité !

Clermont, le 15 décembre 1871.

CHISLEHURST

Je n'ai jamais chargé qu'un homme de ma haine!
Sois maudit, ô Napoléon!

I

Corse numéro trois, oui, je veux te maudire!
Oui, je veux te cracher au visage et te dire
Combien je te méprise et combien je te hais!
Oui, je veux que ton nom, je veux que ta mémoire,
Cloués au pilori de l'implacable histoire,
Soient honnis, détestés, exécrés pour jamais!

Ton oncle fut jadis un terrible despote;
Mais s'il nous tint rampants, écrasés sous sa botte,
Au moins, il décora notre servilité
D'un peu d'honneur!... Et toi, tyran sans probité,
Tu ne nous as donné que honte et que misère!
Tu nous as mis au front un signe délétère
D'opprobre!... L'oncle au moins avait eu Marengo,
Austerlitz et Wagram, et tant d'autres encore!
Avant la nuit, pour lui brillante fut l'aurore.
Le flot de Sainte-Hélène effaça Waterloo!

La France ne fut pas pour lui la courtisane
Qu'on adore le soir et qu'on chasse au matin!
Ce ne fut qu'une enfant dont sa lèvre profane
Insulta le front vierge, et dont il fit soudain
Sa complice, son bien, sa chose, sa maîtresse!

Mais si de ses baisers il macula son front,
Il ne la vendit pas dans un moment d'ivresse,
Et mourant, l'œil tourné vers la France en détresse,
Il pleura de n'avoir pu laver son affront !

Toi, tu nous as tout pris, sanguinaire vampire,
Jusques à notre nom, jusques à notre honneur !
Si bien qu'il ne nous reste après vingt ans d'Empire
Que le stérile droit de te pouvoir maudire,
Sans même t'avoir là pour t'arracher le cœur !

Le cœur?... En as-tu donc, despote sans génie,
Arlequin sans esprit, qui ne dus ton renom
Qu'au bizarre destin dont l'inepte folie
Te donna de ton oncle et le sceptre et le nom ?

Saltimbanque éhonté, la sottise publique
Naguère te livra son honneur et son bien !
Sans doute il te souvient du serment impudique
Que tu prêtas alors à l'autre république !
Et ce serment, l'on sait comme tu le tins bien !

Tu t'es fait afficher dans tous les coins de France,
Affublé d'une toge, ô moderne Sylla !
Et loin de rire on dut t'admirer en silence ;
Car on avait vieilli sous ton omnipotence,
Et l'on t'avait souffert vingt ans, Caligula !

II

Tu n'es plus aujourd'hui qu'un immonde fantôme !
Fantôme reste donc !... car si l'on te voyait
Reprendre l'apparence et le vouloir d'un homme,
Notre mépris peut-être en rage tournerait.

Aux spectres, c'est la nuit qu'il faut, non la lumière !
Dans l'ombre reste donc ! Grâce à l'obscurité,
Peut-être on oubliera dans ta bourbeuse ornière
Le souvenir maudit de ton nom détesté !

Clermont, le 1er décembre 1871.

Clermont, typ. Ferd. TBAUD.

www.ingramcontent.com/pod-product-compliance
Lightning Source LLC
Chambersburg PA
CBHW061525170626
46811CB00004B/1845